KB078961

시지프처럼 살았다

시지프처럼 살았다

펴낸날 2023년 11월 30일

지은이 달무리동인회
펴낸이 주계수 | **편집책임** 이슬기 | **꾸민이** 김명신

펴낸곳 밥북 | **출판등록** 제 2014-000085 호
주소 서울시 마포구 양화로7길 47 상훈빌딩 2층
전화 02-6925-0370 | **팩스** 02-6925-0380
홈페이지 www.bobbook.co.kr | **이메일** bobbook@hanmail.net

© 달무리동인회, 2023.
ISBN 979-11-5858-975-2 (03810)

※ 이 책은 저작권법에 따라 보호받는 저작물이므로 무단전재와 복제를 금합니다.
※ 이 책은 원주시, 원주문화재단의 생활예술동아리 지원금으로 제작되었습니다.

달무리동인회 제2집

시지프처럼 살았다

시는 바쁜 일상의 휴식이자 삶의 새로운 동반자

달무리동인회 대표 김지민

달무리 동인회 첫 번째 문집 「노을에 중독되다」를 출간한지 약 9개월 지난 지금 두 번째 문집 「시지프처럼 살았다」를 출간하게 되었습니다. 이는 달무리 동인회 회원들의 시에 대한 사랑과 열정이며, 앞서 시인의 길을 끊임없이 개척하고 계신 스승이신 김남권 지도교수님의 가르침 덕분입니다. 또한 원주문화재단의 지역 생활예술동아리에 대한 따뜻한 관심이며 열매 맺기를 바라고 씨를 뿌린 농부의 배려에 대한 보답입니다.

달무리동인회는 2017년 10명의 회원과 최문규 초대회장님과 김남권 지도교수님이 창립한 달빛문학회로 원주에서 시작하였으며, 해마다 회원 수가 늘어남으로 인해 2019년 원주와 영월지역의 '나도 작가' 글쓰기 모임으로 분리하여 수업을 진행하고 원주 지역 회원들이 모여서 "달무리 동인회"로 출범하게 되었습니다.

'달'은 주기적으로 탄생과 소멸을 반복하기에 중단이 있는 영생과 재생과 부활을 의미합니다. 달무리는 달 언저리에 동그랗게 생기는 구름 같은 하얀 테를 말하는데 권층운이 있을 때 발생하므로 달무리가 있으면 비가 올 징조로 여깁니다.

거리에 나부끼는 전단지 한 장을 손에 들고 찾아온 달무리 동인회, 첫 수업을 받을 때부터 날마다 마음속에 꿈같은 보름달이 떴고 삶의 지난날 상처와 아픔들이 유리같이 맑은 빗물에 씻겨 내려갔습니다. 매주 목요일 저녁 7시는 어릴 적 꿈에 부풀었던 문학가로, 반짝이는 눈빛으로, 날카로운 관찰력으로 하얀 종이를 채우는 시간입니다. 그리하여 바쁜 일상을 멈추고 자신의 삶을 고찰하고 의미를 부여하는 새로운 탄생의 역사적인 순간들로 이어지고 있습니다.

회원들의 시 속에 녹아 있는 쓸쓸함과 고독함과 허무함과 사랑과 기쁨과 깨달음의 순간들을 여러분 앞에 당당히 선물로 드리겠습니다. 시를 좋아하는 분들은 동시대를 살아가는 친구들의 귀한 이야기임을 단번에 느끼실 것입니다. 세상 모든 사람들이 시를 좋아하게 된다면 세상은 더욱 정이 넘치고 사람들 사이의 높은 장벽은 무너지고, 서로가 더욱 친밀해질 것입니다. 왜냐하면 마음과 마음을 주고받아 서로 한마음이 될 수 있는 것은 시가 주는 선물이자 귀한 열매이기 때문입니다.

이 귀한 열매 「시지프처럼 살았다」를 출판하기까지 애써주신 김남권 지도교수님과 원주지역 시민 예술 활동을 장려하시는 원주문화재단 관계자분들께 진심으로 깊은 감사 말씀 드립니다. 가족보다도 더 서로를 보살펴 주는 달무리 동인회 회원들, 항상 선배님으로서 앞서 애써 주시는 달빛문학회 회원들과 언제든지 정성스레 문집을 편찬해 주시는 밥북 대표님 이하 직원분들께도 깊이 감사드립니다. 지금은 아름다운 달무리의 시간입니다.

신세계는 없다

김남권

"이번 정류장은 신세계, 신세계 앞입니다
다음 정류장은 아이슬란드입니다
오로라를 보실 분들은 붉은 망토를 준비하시기 바랍니다"

과거로부터 온 나는 한 번도
신세계를 들여다본 적이 없다
신세계 백화점에 들어가면 생전 처음 보는
똥도 있고
향수도 있고
양주도 있고
다이아몬드도 있다는데
나는 맨날
야채 똥만 싸고
땀 냄새만 나고
막걸리만 마시고
오천 원짜리 다이소

시계를 차고 다니는데
왜 신세계가 부럽지 않은 걸까

만약 아직도 내 생애 마지막 연애가 남았다면
버스를 타고 아이슬란드로 가리라
그곳에 가서 밤새도록 해가 지지 않는 하늘 등대의
푸른 무지개를 바라보며
한 번도 사랑하지 않은 사람처럼
별빛의 언어를 속삭이리라

사상누각

김남권

청량리 588을 쫓아낸 자리,
육십오 층짜리 롯데캐슬을 쌓았다
미아리도 천호동도 도시 재정비라는 명목으로
서민들은 쫓아내고 부자들의 아지트를 만들었다
불법 윤락가라고 모든 방송사를 동원해
업소를 단속하는 장면을 선보인 여경 출신 서장은
성매매와 전쟁을 선포한다는 명목으로 쑈를 하다
사라졌다
그곳에 살던 사람들은 또 다른 골목으로 밀려가고
그곳에서 일하던 여자들은 보도방으로 자리를 옮겨
24시간 배달 다방으로 마사지 업소로 도우미로
그 일을 계속하고 있다
쑈는 계속되고 있다
서민들이 부자와 특권층 노는 흉내를 내기라도 하면
불법을 내세워 철거반을 동원하고
수색 영장을 발부하고 손해 배상을 청구한다

자기들이 노는 세상은 온갖 불법과 탈세와 헌법

부정의 썩은 내가 진동하지만

누구도 건드리지 않는다

더럽고 추한 것들이 착하고 선한 사람들의 본능까지 통제하며

거짓과 음모로 세상을 선동하고 있다

새들의 길목을 막지 마라

청량리역에는 여전히 노숙자가 넘쳐나고 있다

차례

회원 시 ─────────────────────

김봄서

김노을

김지민

박무릇

영월 '나도 작가' 회원 시 ──────────

회원 시

김봄서

김노을

김지민

박무릇

박여름

엄현국

원다빈

이서은

이수진

이우수

이정표

정순복

최바하

한상대

한순원

소멸하는 이력

김봄서

별이 넘어질 것 같은
어둡고 좁은 골목길을 서성대다가 생각했다
어떤 시인은 영영 옮겨올 수 없는 이력들로 하여
그 이력서에 시를 썼다는데,
나의 허접한 이력이 사료가 될 일도 아닐 텐데
되새김질하다가 엎지르고
그마저도 가물가물해지고 있다

줄줄이 꿰고 싶지 않은 것도
더 이상 내보일 곳도 마땅치 않다
더구나 저녁에는 이력서를 쓰지 말아야 한다
은어 떼 같은 절망이 머릿속을 헤집고 다닌다
길눈이 어두워 가뜩이나 헤맬 수 있다
살뜰하게 마주 앉았지만
소리 저문 고요가 점점 두려워지기 시작했다

16

늦은 고백

이제 그만 분분히 헤어지자며 건네던
'그대가 한때 내 진심이었다'는 어느 드라마 대사가
설핏 전이되어 겨우내 앓았던 기억이 있습니다
오래 행복하게 아팠습니다
생각해 보니 우습기도 했습니다

정작 오늘 그대가 떠나신다니
어찌해야 할지 모르겠습니다
준비하지 못한 이별에 몹시 허둥대고 있습니다
아끼지 말 걸 그랬습니다
마음도 말도,

아주 가끔 꿈에라도 다녀가 주시면 좋겠습니다
봄처럼 기다리겠습니다
벚꽃 피는 계절에 오시어 사나흘 머물다 가신다면
더할 나위 없겠습니다
"당신이 한때 제 삶의 이유였습니다"

모르포 나비[Morpho butterfly]의 울음

모르포 나비[Morpho butterfly]가 동굴에 갇혔다
푸른 날개의 힘과 자태에 취해 있다가
박쥐에게 쫓긴 것이다
통로를 잃어버린 채
벽에 부딪히고 몸부림치느라
비늘도 거의 다 벗겨졌다
불리해진 동굴,
꽃과 어울리지 않는 해충처럼 구조색도 변했다
회절격자 기능도 시원치 않고
상한 날개 웅크린 관절에 석회만 낀 듯하다
아무도 기억하지 못했다
모르포[Morpho]를 상실한 울음이
삐그덕 삐그덕 새어 나왔다
빛의 간섭 없이는 홀로 찬연하게 푸를 수 없다
얼굴에 황달기만 더해지고 있었다

나쁜 시인

시간의 폭력에 멍들어
황홀한 규칙을 어기고 마는
나는 나쁜 시인인가 봐

인스타그램

서로를 믿지 못한 채
허울 좋은 도시를 만들어 가고 있다
눈 멀고
귀 먼 자들의 세상,

거기 사는 사람들이
백지처럼 말했으면 좋겠다
점점 말에 밑 무늬가 있어서 알아듣기 어렵다
알록달록한 미사여구도 그렇고
허락하지도 않은 이웃들이
다짜고짜 경계를 허물며 초인종을 누른다

점점 현란 빛에 가벼워진 눈과 귀는
이미 멀어 버린 사람들도 많다
스스로 대책을 세운 사람들 중
더러는 이어폰을 꽂고 자발적 고립을 선택했고
더러는 메타버스를 타고
경계를 넘나든다
반짝반짝 여전히 허울만 좋다

바람의 까닭

○ 김노을

사뿐사뿐 날갯짓 한다

아이들의 웃음소리 머물다 간 자리마다
어린 풀잎 고개 떨구고

침엽의 사이사이
헛기침하는 구름이 걸려 있다

바람이 깨어나고 잠드는 곳
내 숨도 그곳에 있다

껌 딱지 선물상자

매주 월요일 아침이면 어김없이
껌 딱지로 봉인된 선물 상자 하나가 배달된다

처음에는 그 껌 딱지 속 선물들이
머나먼 별나라의 언어처럼 어려웠다

매주 한 번도 거르지 않고 배달되는
선물 상자의 말미에는 꼭

'－초고 공유 금지'가 붙어 있다

월요일 아침 8시 반이면
문자 메시지로 배달되는 자랑스러운 선물 상자
나는 감히 흉내 내기도 힘들다

벌써 칠 년째다
참 고맙다
자랑스럽다

망연자실

생각 주머니에 빵꾸가 났다
감정이 메말라 버렸다

빵꾸 난 자리로
자본주의의 바람이 드나들었고

바닥난 감정의 제방 위로
마른 물고기들만 뛰어올랐다

한마디로 눈에 뵈는 게 없다

청양고추

약이 바짝 오른 시간들을 한 입 베어 문다

독한 년!

입안 가득 어릴 적
서럽고 가난했던
매서운 고통이
회오리친다

후~ 후~
매운 숨을 뱉어 내면서도
밥 한 숟가락 입에 문 채 청양고추에 고추장 찍어
아사삭
홀어머니의 고달팠던 시간이 순삭된다

진짜 독한 년!

홀어머니의 가난에 찌든 삶이 부서진다

오빠는 남자니까

많이 배워야 하지만

너는 여자니까 돈벌이나 하라고 했던 어머니의

시간도 태양초가 된 지 오래되었다

나는 한 번도 독하게 살지 못했다

어느 날 오후

패랭이꽃 닮은 소녀가
작은 초코케이크 하나를 들고 와서
카드 하나를 내밀었다

"급식 카드로도 계산이 되나요?"
(목소리는 이미 풀이 죽어 있다)
"네? 급식 카드요?
아마 카드면 다 되지 않을까요!
일단 결제해 볼게요"

단말기에 카드를 넣자
'지원되지 않는 카드입니다'라는 문구가 떴다

카드 외형은 일반 카드와 동일해서
다른 생각 없이 결제를 진행했다

그 소녀의 기어 들어가는 목소리와,
내 눈치를 살피며 흔들리던 눈망울이
심장을 쿵! 하고 내리쳤다

복지 국가라고 떠들어 대며
오적의 밥 한 그릇 값도 안 되는 돈으로
생색을 내는 부끄러운 어른이라는
생각에 얼굴이 뜨거워졌다

아주 오래전 만났던
한 소녀의 얼굴이 떠올라
내 앞에
지원되지 않는 시간이 소환되었다

나는 그냥 말없이 꼬옥 끌어안고
괜찮다고 위로를 보내는 대신
조용히 내 카드로 계산을 하고
수줍게 웃으며 매장을 나서는 소녀의
뒷모습을 한참 동안 바라보았다

시지프처럼 살았다

김지민

춥고 배고픈 날이 많았다
어머니의 정성스런 따순 밥 못 먹고
서러운 눈물 뚝뚝 흘리며
불어 터진 라면을 먹어야 할 때가 많았다

그럼에도 살아남기 위해 날마다
자신과 시간과의 전쟁을 치러야 했었다

사선으로 꺾어지는 지하철 계단을
수천만 번 오르내리고
내 몸무게만큼이나 무거웠던 책들을
가방 끈이 해지도록 메고 다녔으니

하루 종일 서 있었던 날은
무릎 통증으로 밤을 새운 날이 많았다

남들도 하는 같은 고생이라지만
스스로에게 치열하지 못했던 나는
비 한 방울 내리지 않는 사막에
뿌리를 내려야만 했던 비운의 선인장이었고

신들을 기만한 죄로 바위를 산꼭대기로
끊임없이 밀어 올려야 했던
시지프의 형벌 같은 순간이었다

그런데 뒤돌아보니,
지금의 나를 존재하게 한
가장 빛나던 순간이었다
혹독한 훈련의 시간이었다

수인이 수인에게*

차디찬 장판 위에서
가장 낮은 포복으로
식어 버린 관위에
눈물로 입맞춤합니다

민족의 짐 대신 짊어지고
황혼의 이슬처럼 스러진
누추한 골방
뜨겁던 수인이여

늦었지만 지금이라도
참회하는 마음으로
당신 골방에 홀로 눕습니다

어둠의 커튼을 걷어 내니
창에 걸린 붉은 달빛이
당신에게 나직이 속삭입니다

---

* 이육사 문학관을 다녀온 후

당신의 평화를 사랑합니다
당신과 늘 함께 하겠습니다

그래, 사랑은 움직이는 거야

오십이 넘자 남편들은 더 이상
아내를 바라보지 않는다
사랑을 갈구하던 눈빛은
식어 버린지 오래다
아내보다 젊고 예쁜 아가씨들이
핸드폰 안에 즐비해 있으니
언제든 취향에 따라 대상을
바꿀 수 있기 때문이다

엄마가 세상에서 제일 좋다던
아이들도 각자의 짝을 만나
더 이상 엄마를 찾지 않는다
이제는 아빠와 잘 지내 보라고 한다
물건을 필요할 때 긴요히 쓰고
제자리에 갖다 놓고는
쳐다보지 않는 꼴이다
다가가면 바쁘다고만 한다

혼자가 된 엄마는
허탈한 마음으로 거울을 들여다봤다
주름진 눈가에 어둑한 그림자
뱃살, 허벅지 살이 출렁이고
하얗던 손등의 거무스름한 줄무니
버림받은 듯 생기 없는 모습이 낯설었다
한 번도 사랑받아 보지 못했던
모습을 한 거울 속 여자가
너무 싫어서 진저리를 치자

구석에 있던 강아지가 살며시 다가와
여자의 눈을 하염없이 바라보았다
서로의 눈을 한참 바라보고 있자니
강아지의 목소리가 감미롭게 들려왔다
"당신이 어떤 모습이든지,
난 항상 당신을 사랑합니다"
남편에게도 말할 수 없었던 외로움이
눈물처럼 얼굴을 타고 흘러내렸다

회원 시

멀리서 보면 코미디

한적한 시골 마을길을 지나가던
여자는 차를 멈춰 세웠다
들판에 핀 개나리가 눈부셨기 때문이다
아이들을 차 안에 기다리게 한 후
식탁에 개나리 한상 차릴 생각으로
사뿐히 들판으로 나왔다
개나리 줄기를 붙잡고 꺾기 시작했는데
생각대로 쉽게 꺾이지 않자
줄기를 한 움큼 부여잡고 이리저리
체중을 실어 흔들기 시작했다
때마침, 꽃에 얼굴을 파묻고 꿀을 취하던 벌이
이리저리 흔들리는 리듬에 튕겨져
사자갈기 같은 여자의 머릿속으로 빨려 들어갔다
꿀벌도 놀라고, 여자도 놀라던 순간
정적의 수초가 지나자마자
여자는 높은 음역대의 비명을 지르며
부스스한 파마머리를 흔들어댔고
꿀벌은 왕왕 거리며 출구를 찾으려
머리카락 속을 헤치기 시작했다

여자는 더욱 강렬하게 헤드뱅을 추었고
꿀벌은 더욱 강렬하게 출구를 찾아 헤맸다
꿀을 모아가지 못하면 보초병에게 쫓겨나
추운 한뎃잠을 자야했기 때문이다
차 안에서 기다리고 있던 아이들은
들판에서 격한 헤드뱅을 하는 엄마를 보고
깔깔 거리며 웃기 시작했다
평소 엄하기만 했던 엄마가 낯설었던 것이다
너른 들판 위 헤비메탈 가수 첫 데뷔 무대를
숨넘어갈 듯 깔깔거리며 즐기고 말았다

비처럼 그가 온다

며칠 내내 비가 왔다
빗방울이 우산 위에 떨어진다
비는 수많은 눈물을 모아
하늘 덮은 구름 속에서 오는 것
비가 오면 홀연히
떠났던 그이가 생각난다
우산 위를 미끄러져 내려와
이마를 한 방울 적시고
그늘진 어깨를 감싸다가
살포시 내 손을 잡는다
빗물은 항상 그의 체온이 있다
언제 오겠다던 약속도 없이
갑자기 가 버린 그이가
홀로 남겨져 울고 있을까
걱정 어린 얼굴로
땅의 눈물들을 모아
급히 내게로 온다
울음 삼킨 구름을 몰고서

나는 어떤 것으로 행복을 채울까

박무릇

들풀도
뜨거운 심장이 있어서
꽃을 피우겠지

누가 돌아보지 않아도
누가 기대하지 않아도
늘 같은 자리에서 피어나는 너는

비바람에 흔들려도
그 자리
눈보라에 시달려도
늘 그 자리

변함없는 모습으로
꽃을 피우는
뜨거운 대지의 체온을
닮아 가야겠네

어찌해야 합니까

섭씨 35°를 오르내리는 날씨에
계곡물에 발을 담그니
발가락이 아립니다

돌 틈 사이로
대지의 열기를 품은 바람이
들락거리고 있습니다

투명한 물은
처연하게 흐르고 있습니다

불현듯 당신이 눈앞에 아른거려
눈을 질끈 감았더니
그 모습 더 선명해집니다

눈동자를
흐르는 물에 담가 보아도
씻겨지지 않습니다

야윈 손가락으로
물방울을 튕기며
지나간 추억의 잔해를 간추려 봅니다

낡은 기억의 문이 열리고
허공으로부터
시린 그리움이 방울져 내립니다

심장 속으로 파고 들어온
물방울은
당신의 맑은 영혼이었습니다

흐르는 눈물
계곡물에 꾹꾹 눌러 마시고
마음에 남는 폭풍우,
홀로 잠재웁니다

산길을 걷다가

하늘빛 높고 푸르더니
나뭇잎 빛깔이 짙어진다

팔봉산
산길은 나를 에워싸고
능선 따라 굽은 길
끝이 어딜까

마음 가벼우니
배낭도 새털 같고
산길은 구불구불 감미롭다

나무들이
부드러운 바람을 불러들여
나그네의 발걸음조차 가볍다

새털구름은
장단을 맞추느라 흐느적거리다
흩어지고

40

어디서 왔는지 모를 바람,
내 곁에 내려앉아
속살까지 시원하다

세월이 탑처럼 쌓인 떡갈나무
바람에 몸을 맡기니
도토리 한 알 툭
계절을 떨어뜨린다

숲의 향기에 흠뻑 취하려고 애써 보는데
세상의 잡념이
자꾸 따라붙는다

질기고 질긴 잡념들
굽이진 길모퉁이에
걸어 놓고 흔들어 본다

비늘처럼 번뜩이는
묵은 생각들이 바람처럼 일어섰다

다시 걷는 발걸음

구월이라는 소리만 들어도
마음이 선선해지는
첫 아침

숲속 새들의
기침 소리에 눈을 떴다

갈바람을 집 안으로 불러 들여
눅눅했던 여름을 말리려고
창문을 열었다

맑고 청량한 기운이 집 안 가득 맴돈다

요즘 부쩍
머릿속에
안개가 낀 듯했는데
"내가 비상등을 켰나?
깜빡깜빡하고 있네"
혼잣말을 했다
그 소리에
강물이 차가워지듯

가슴이 냉랭해진다

강물도 하늘도
가을이 되면 맑고 투명해지거늘

인생의 시간표대로
잘 살아 왔는데
왜!
인생의 가을은
흐릿해지는 걸까?

삶에 녹이 슬 것 같을 때면
당신은 가을 하늘처럼 맑은 미소를
내게 건네주곤 했었지

그럴 때 당신에게선 하늘 냄새가 났었는데
마음이 초조해진다

오늘 걷는 발걸음에
따뜻한 지표가 되길 다짐해 본다

봄에 취하다

봄이 북적거린다

성미 급한 꽃봉오리들
그리움 토해 내듯
꽃잎을 터뜨리면
울컥울컥 겨우내 묵혔던 감정들이
쏟아진다

술에 취한 듯
휘청거리며
차마 대놓고 말하지 못한 마음을
속절없이 흘려보내며
개나리 노란 꽃그늘 아래

돋아나는 봄을 품에 안는다

풍경

○박여롬

무심한 내리막길에
빗물이 흘러
길 가득 무채색의 원단을 펼친다
구경난 풍경이다

언덕 위에는
들깨 가득 초록빛 원단이 펼쳐졌다
비에 젖고 바람에 흔들거려
여린 출렁임으로 재단사가 되어
척척 고운 옷으로 한 벌씩 차려 입는다

풍경 속으로 뛰어들어
천하태평 느린 마음
보드라운 물결 무늬
질 좋은 비단결 원단에 감싸인다

생명나무숲에서

그 이름 사월,
꽃들 흐드러지도록
새순들 차고 넘치도록
지천이 나물거리로 야단법석일 것이다

봄의 숨결이여
월동이 잘된 생명들이여
차가운 땅속에서 어찌 이런 숨결을 키웠는가

기세 좋게 여린 순 내미는
네 모습 뜨거운 감동이구나

돌단풍 꽃,
무스카리 제비꽃 팬지꽃
낮은 얼굴 땅바닥에 수줍게 붙이고 있구나

몸을 낮추고 들여다보면
저절로 얼굴엔 미소가 번진다

분주하게 손을 놀리고 뛰어야 하는 사월!
그 바람이 매섭더라
꽃잎 하얀 목련의 목덜미엔 상흔이 짙다

우리가 열심히 만들었던
마음의 필터를 작동시켜
헛된 생각들일랑 걸러 내고

아름다운 사월을 노래하자

기억들

생존의 방식,
제멋대로 지워 버린 이야기들
시간이란 지우개였을까

세월 넘어 삭아서 볼 수 없는 빛깔일까
그가 기억하는 지점
내가 기억하는 지점
달라도 너무 달라서 교정조차 할 수 없었다

생을 지탱하는 기억들
선명하다고 하는 관점 그게 의문이다

익숙한 것들에 의해 지탱하는지
생존을 위한 궁여지책인지
헛것 같은 기억의 파편들은 초라하다

고요함으로 다가온 이야기
무한 반복의 힘으로
감사하기를 생존의 방식으로
부작용 없이 유용한 방식으로
파란불이 들게 하자

일상

수지가 맞았소
이문은 어마무시하오

안부를 나누는데
사고가 나서 다리에 깁스를 했다

아무 일 없이 평온한 일상
돈 버는 일이라고
별일 없다는 안부는
정녕 감사하다

좋은 생각으로 바꾸어 가는
한 가닥들이 모이고 있다

튼튼한 줄이 되어

좋은 해석으로

어려움이 어려움이 아닌 것이다

성장하는 동력인 것이다

편안한 많은 일상이 은혜로움이다

가까이

가까이에 서로 살고 있었다
산골에 산지 7년째 접어들 즈음에야
취나물 꽃을 알게 되었다
화병에 꽂아 놓은 동안
올해 내게 최고의 꽃으로 뽑혔다

꽃받침은 성화대처럼 길고
꽃잎은 하얗고
일곱, 더러는 여덟아홉의 날렵한 꽃잎에
꽃술은 연초록으로 싱그럽다

한 달을 훌쩍 넘도록
싱싱한 들꽃 꽃꽂이를 한다
데려오면 또 데려올 수 있게
활짝 피어 웃고 있다

가까이에 서로
가까이 있어 고맙다

더디더라도 언젠가 드러나는 가치
그를 존중하여
서로가 아름답게 살고 싶다

어머니

엄현국

울 엄마 살아생전
날 조금이라도 이뻐하셨을까

울 엄마 살아생전
내게 젖이라도 먹이셨을까?

울 엄마 살아생전 암과의 전쟁으로
기 한 번 펴지 못하고 쓴웃음 한번 짓지 못하고
자식 머리카락조차 다 자라기 전에
영, 육을 분리시키셨을까

하늘나라에서 돈 많이 벌어
꼬까옷 때때옷 사가지고 오신다고 했는데

나도 이제 머리털 다 자라고 보니
엄마가 오시는 게 아니라
내가 따라가야 한다는 걸 뻔히 알고 있네

늙을 수 없는 하늘 저편에서
울 엄마 만나면
나보다 더 젊을 텐데

그땐,
누굴 만나 엄마라고 부를까

봄날 아침

졸린 눈 비비며
궁상 떠는 화창한 날 아침엔
아직 피지 않은 꽃잎이
바람처럼 눈물을 쏟고 있다

저 담장 너머엔
버들강아지 졸졸졸 꼬리치며
바다로 바다로 꿈에 부푼 항해를 할 텐데

눈먼 꼴뚜기 마냥
뒤집히는 내 가슴엔 한 덩어리
눈뭉치가 녹지 못해 사경을 헤맬 뿐!

무엇 하나
이름을 붙이기엔
아직 낯선 아침

십오 척 담벽 썩은 귀퉁이엔
만고에 쓸모없는 잡초 한 잎
초연한 부활을 꿈꾸고 있다

다시 이 봄을

설익은 잔디밭엔
눈먼 하늘이 잔뜩 쪼그리고 앉아 있다

철망 사이로 흐르는 봄은 아직 한 방울
봉우리만 잉태했을 뿐

이렇다 할 처녀의 울렁이는 가슴조차
보이질 않으니
낸들 어찌 이 봄을 봄이라 선뜻
웃을 수 있으리오

아! 하늘은 멀고 험해도
지천으로 흩어진 내 영혼
한데 어울릴 무덤조차 없으니

낸들
이 봄을 봄이라 선뜻 웃을 수 있겠는가

꽃잎 속에 꽃이 없다

구름 속에 구름이 없다
희멀건 눈물만 잔뜩 고여 있을 뿐

바람 속에 바람이 없다
아스라이 쓰러지는 속 좁은 내 자존심
절규 소리만 소쩍새 마을에 메아리 칠 뿐

꽃잎 속엔 꽃이 없다
벌이요 짓밟아 뭉개도 말 한마디 할 수 없이
다 썩어 빠진 속살만 덩그러니
쓴 미소를 흘릴 뿐

세월의 뒤안길엔 세월이 있을 수 없듯,

비

황소 울음 같은 천둥이 만산을 메아리친다
합선된 전선마냥 번개가 무섭다

오월,
봄 하늘 짙게 깔린 구름 사이로
억수 같은 눈물이 자꾸만 쏟아진다
봄에 내리는 비를 봄비라 일컬을진대
오늘 비는 왠지
봄비라 부르기엔 너무 무겁다
봄비,
고갈된 내 마음을 적시기 위해 이리도 슬피 우는가
꽉 메인 못난 내 가슴 뚫어 주려고 이리도 요란한가
밤하늘에 울리는 소쩍새마냥 서럽지만 않은 오월의
파아란 비,

가지 않은 길

원다빈

눈보라 휘몰아치던 날
너 혼자 산에 두고 내려왔다

차마 너의 이름을 부를 수 없어서
집으로 향하는 발걸음마다
눈물이 그치지 않았다

그렇게 오랜 시간을 흐르고 나서
지금에야
너의 이름 불러본다

종배야 그곳은 살만하니?

일 년 내내 꽃이 만발하고
나비가 은하수를 건너고 있겠지

우리 곧 만나자
석양이 지고 나면 푸른 별빛으로 만나자

박꽃

세상의
시끄러운 소리 잠잠해지고
저녁노을 깃들면
수줍게 고개 내밀고 웃음 짓는 너

소박하지만
화려한 장미보다
갓 피어난 연꽃보다
눈부시다

여름 한낮의 뜨거운 열기를
말없이 견딘
지상의 달빛으로

숨죽여 마주한
너의 눈빛
새벽별을 마주할 시간이다

수술실에서

[관계자 외 출입 금지]
이 방이 몇 번째던가?
단골로 드나 들던 방인데도
늘 가슴이 쿵쾅거린다

여러 개의 눈동자가 나를 스캔하며
마치 심판이라도 하려는 듯
무섭게 내려다본다

어릴 때 엄마가 감춰 놓았던
동생의 영양제를 몰래 훔쳐 먹다가
걸렸을 때의 그 눈빛 같다

나이가 들어 가는 동안
먹고 살기 바쁘다는 이유로 봉사 활동 한 번
제대로 해 본 일이 없는 게
파노라마처럼 뇌리를 스친다

아, 좀 더 착하게 살걸

아니 앞으로는 더 착하게 살아야겠다

역전시장 뒷골목에서

땅거미 내려앉으면 집집마다 붉은 등이 켜진다
유리벽 안에 갇혀 있는 눈동자는
초점을 잃은 지 오래다

늑대의 웃음소리는 멈추었다
골목을 따라 피어나는 벽화 속에
시인의 목소리가 들렸다

유리벽을 건너면
저들의 언어가 시가 되고
그림이 되고 꽃이 될 텐데,

새벽별이 되기엔 아직 충분한 나이,
붉은 등불을 들고
세상 밖으로 걸어 나와
뜨거운 불꽃으로 피어날 수 있으면 좋겠다

황금 이불

성산포에서 뱃길로 십여 분
우도 화순 해변은 온통 황금밭이다

물놀이를 하던 아이도
소풍을 즐기던 어른도
온몸에 황금 샤워 중이다

파라솔 아래 누운 아이는
황금 이불을 덮고
잠이 들었다

어여쁜 아가야
황금 이불 속에 잠들었으니
황금 날개 펼치고
훨훨 날아 보렴

한라산 너머
태평양 건너
황금 마차 타고
새벽별이 질 때까지 날아 보렴,

오발령

이서은

이른 아침 얼굴 책 담벼락이 난리다
경계 경보 위급 재난 문자에
'진짜 전쟁이 난 줄 알았다'
'잠이 깼다'
'놀라 죽는 줄 알았다'
그야말로 SNS 피드가 전시 상황이다

몇 분 지나지 않아
오발령이라고 알려지자
사람들의 언성은 더 높아졌다

얼굴 책 피드에는 올릴 수 없는 삶의 위급 상황이
이 순간뿐이었을까

살아가는 일 자체가 전쟁이라는
산책길에 만난 백발노인의 혼잣말이
오후 내내 귓가를 맴돈다

그해 여름, 주차장에 사람은 없었다

불볕더위에도 꼬리가 긴 짐승들이 지하로 들어왔다
지하 주차장이 만차일 때 싸구려 시멘트로
담을 쌓은 곳까지 밀고 올라왔다
하루 4만 보는 걸어야 최저 시급이라도
손에 쥘 수 있는 잠룡이 할 수 있는 일은
마트 주차장에 흘리고 간 꼬리를
매일 26km씩 걸으며 마트 안으로 미는 일이다
숨통이 조여 오도록 더웠지만
누구도 꼬리를 대신 끌어 주거나 잘라 주지 않았다
하루라도 빨리 지상으로 나가려면 15분의 휴식도
감지덕지라 여겼다
꼬리가 긴 짐승들은 더위도 안타는지,
제대로 된 에어컨도 가동하지 않았다
그해 여름, 주차장에도 사람이 있다는 사실을
까맣게 잊어버린 모양이다

순살 치킨은 맛있기라도 하지

닭장이 무너졌다

억장도 무너졌다

갑자기 병아리들이 갈 곳이 없어졌다

튼튼한 닭장을 짓는다더니

뼈를 추려 낸 집을 짓다가

무너졌다

뼈를 빼먹었는데, 뼈가 있던 자리엔

뼈는 없고 똥만 남았다

기둥 32곳에 들어갈 철근을

야무지게 발라먹은 개구리들은

오리발을 내밀고

지하 주차장에는 방금 튀겨진

순살 치킨만이 곤죽이 된 채 널브러져 있다

수상한 출산

별 한 번 뜨지 않은 밤에도
아침은 온다

애국자 소리도
삼시 세끼 미역국 밥상도 필요하지 않다

2주에 3,800만 원,
산후조리원 특실에서 공주 대접받지 않아도
배가 아프지 않다

콘크리트 한 톨 넣지 않고도,
영원히 무너지지 않을
시의 집을 세 채나 가졌으니 말이다

다시, 화면 조정시간

망각은 인간의 특권이다
마스크에서 눈, 코, 입을 해방한 지
며칠이나 지났을까
한 번도 혼자였던 적 없는 얼굴을
조정할 시간이 첫눈처럼 다가오고 있다
그해 겨울은 남편과도 키스하지 않았다

꿈

○ 이수진

어릴 적 나의 하늘에 모락모락
매달려 있던 꿈 방울^{夢滴}들
어느덧 성장하여 세상 밖으로
하나, 둘 터져 나간다

매달려 있던 끈을 살짝 놓으니
꿈 방울들은 하늘 아래
날개가 되어 사르르 내려앉으며
내게 속삭인다
꿈을 꾸면 반드시 이루어진다고,

어릴 적의 아련한 소녀로
이제는 어엿한 숙녀로
멋지고 아름다운 여성으로 살아갈 꿈을 꾼다

황금 가을

선선한 가을바람에 에어컨 없이도
제법 시원한 느낌이 드는 요즘
벌써 쌀쌀한 가을 아침을 맞이하게 되네요
올해는 유난히 다사다난 느낌이 들었던 건
코로나가 가져온 일상의 변화가
아닐까 싶어요

집에 있는 시간이 늘어나면서
하고 싶은 일, 해야 할 일은 많은데
마음은 앞서고 몸은 움직여지지 않으니까요

평범하게 살고 싶은 사람도 있고
뭔가 하고 싶은 일 하면서 살고 싶은
사람도 있지만 "선택은 스스로의 몫이기에" …

꿈과 희망을 가지고 끊임없이 노력하며
행복한 삶을 살기 위해 최선을 다하는 것이
바로 우리의 인생이 아닐까 싶어요

계절마다 낭만이 있지만 아침저녁으로

싸늘한 기운을 주며

황금 곡식들이 무르익는 구수한 향기와

머지않아 겨울이 다가오고 있다고

알려 주는 가을이

더 매력적인 것 같아요

무더운 여름은 지나가고 가을도 잠시

그 뒤로 추운 겨울,

또 한 해를 보낼 준비하면서

자신의 마음속에 그려 놓은 버킷리스트를

작성해 보는 건 어떨까요

참혹

역사는 말한다
너의 어리석은 씻을 수 없는 죄를,
후손들에게 어찌 다 갚으려고
함부로 떠드는가
역사는 외친다
너의 파렴치한 행동 하나 하나에
이 땅이 겪을 참혹한 결과를,

여기저기 큰 함성 소리 들려온다
일제 강점 70년의 고통과 눈물이
아직 채 마르지도 않았는데
오천 년 유구한 역사에 파묻힌
선열들의 뼛가루가 일어난다

잔인하고 악랄한 역사에 대해
아직 사과道歉도 한 적이 없는데
다시 바다의 식민지 삼십 년을 선포한
왜구의 하수인이 되어
제 나라를 팔아 먹는 도적놈이라니,

차마 부끄러워 얼굴을 들고
후손들에게 전할 수가 없다
다시 암흑의 시간이 시작되었다

투표

나는 첫 아지랑이에게 투표했다
봄이 왔다고 산모퉁이에 피는
진분홍빛 진달래에 투표했다
파릇파릇 새싹이 움트고
바위 틈을 따라 졸졸졸 흘러내리는
시냇물에 투표했다

나는 목련꽃에게 투표했다
숭고한 정신과 우애,
슬픈 전설로 이어진 순백의 아름다움에
투표했다

나는 드넓은 바다에 투표했다
한낮 땡볕에 못 이겨
하얀 파도 위에 몸을 맡긴 채
하염없이 즐기는
순결한 사람들에게 투표했다

부적처럼 희망을 고이 접어

가슴에 품고 비상하는
야생 기러기에게 투표했다

나는 황금 들녘 물결치는
벼 이삭에게 투표했다
한여름 땀 흘리며 황금의 계절을 맞이하는

농민들에게 투표했다
"나는 물방울이다" 노래하는 땀방울에게 투표했다

나는 밤하늘을 수놓은 북두칠성에게 투표했다
내 가슴이 시려 올 때
붉은 깃발을 불어넣는
새벽의 미명에게 투표했다

함박꽃 팔랑팔랑 내리는
그 겨울의 눈송이에게 투표했다
차가운 두 손을 입김으로 녹여 가며
눈사람을 만들던

소꿉놀이 친구들이 나를 부르는 것만 같다

지금도 운명의 갈림길에 놓여 있는
누군가의 생명에 희망을 줄 수 있는
희미한 촛불들에게 투표한다

나는 하얀 A4 용지에 투표한다
살아온 인생과 살아갈 인생을
가슴속에 그려 넣으며
시의 행간에서 숨을 멈추는
착하고 순결한 사람들에게 투표하고 말 것이다

어머니

다 자란 아이들을 멀리 보내고
어느덧 귀밑머리 희어졌을 어머니
지금도 어릴 적 목소리로 때 없이
찾는 어머니, 어머니가 내게 있습니다

기쁠 때도 괴로울 때도
반길 때도 꾸짖을 때도 달려가 안기며
수만 가지 소원을 다 말하고
잊을 뻔한 잘못까지 다 말하는
어머니, 어머니가 내게 있습니다

철 없던 그 시절,
무명천으로 통바지 해 주었다고 투정하며
밤새도록 구멍 난 신발鞾을 꿰매 주시며
새 신발 사 주지 못해 미안하다고
말을 잇지 못하시던 어머니
왜 나만 이런 걸 신어야 하느냐고
어머니 아픈 가슴을 오려 내고 말았었습니다

평생 고달픈 인생살이

자식들 배곯을까 몰래 누룽지만 드시고

여린 손으로 밤새도록 손수 옷을 지어 주시고

아파도 아프다고

힘들어도 힘들다고 얼굴 찡그린 적 없이

항상 밝은 웃음으로 안아 주시던 어머니,

그때는 그게 당연한 줄 알았습니다

가끔씩 어머니도 당신의 오래된

이야기를 들려주시면서 눈물 흘리신 적 있었지요

그때는 몰랐습니다

어머니도 엄마가 보고 싶어서

그랬다는 걸,

옛날 이야기처럼 들려주시던 어머니의

과거와 그 아픔을 그때는 미처 몰랐습니다

자식들 앞에선 아픔과 외로움을
웃음으로 보내시던 어머니
엄마는 강強하다고
어른이 되려면 자신을 지킬 줄
알아야 한다고 뜨겁게 말씀해 주시던
위대한 어머니,
어머니가 내게 있습니다

애지중지 키워주시고 사랑으로 키우셨는데
철새처럼 멀리 떠나와
하루하루 어머니를 그리며
오늘도 뜬눈으로 밤을 지새웁니다

키워 주신 은혜 다 갚지도 못한 채
만날 수도 없고 부를 수도 없어서
그리움과 기다림 가슴속으로 달래며
캄캄한 밤 하늘 북두칠성만 바라봅니다

언제나 내 곁에서 나를 지켜 주시는
고귀하고 위대하신 어머니
낳아 주시고 강하게 키워 주셔서 항상 고맙습니다

내 삶의 소중한 이 순간도 항상 어머니가 계셨기에
드넓은 대지^{大地} 위에
거름이 되고 흙이 되어
푸른 하늘^{那片蓝天}의 한 점 별이 되어
바람 타고 구름 타고
그 곁에 오래 머무르고 싶습니다

어머니라는 위대한 그 말
다시금 뜨겁게 불러 봅니다
언제나 내 곁에 머물고 있을 고귀한 이름,
지상에 남은 사랑이라는 단 하나의 말
어머니, 영원히 사랑^爱합니다

"0" 다음은 "10"

○ 이우수

영화 한 편에 들어간 노동의 합을 "10"이라고 치자. 영화 한 편 속 개별 노동의 가치가 크든지 작든지, 만 원이면 소비가 가능하다. 내 입장에선 합리적인 가격이고 나는 기꺼이 그걸 볼 생각이 있다. 영화든 브랜드든, 개별 분야의 고유 명사들은 누군가의 도마 위를 즐기고 있을 것이다. (즐기기까지의 과정은 결코 쉽지 않겠지만) 우리는 흔히 보고 듣고 말한다. 천만 영화를 보고, 영화 이야기를 한다면 필연코 나는 상대방과의 대화를 완수할 수 있다.

나(계산 오류)는 이 모든 "10"들을 찬양한다. 그런데 만약 "제로(0)"인 존재가 있다면 그건 아마 신일 것이다. 그리고 나는 "10"을 소비하면서 "1"에도 도달 하지 못한다. 당연하다고 생각한다. "10"들은 수많은 크고 작은 "1"이 모여서 만들어지는데, 가령 영화를 찍기 위한 대본 쓰기가 "1"이라고 한다거나 촬영을 하고 편집을 하고 음악을 고르고 장소를 답사 하는 등 '직접적'으로 하는 그런 "일(1)"들을 안 하는 것이다. 앞서 말한 보고 듣고 말하는 것들은 모두 일회성이고 '간접적'인 것이기에 그것들의 총합은 대략 "0.7"이랄까. 내가 생각하는 통계치가 그렇다. 많이 해 봐서 안다.

나의 하루 평균치는 "0.8"이다. 나는 직장을 다니기에 평균값이 올라갔지만 아직 "1"에 도달하지 못하고 있다. 만약 내가 그 직장에 온마음을 쏟는다면 평균값은 대폭 올라갈 것이다. 다시 말해서 내가 직접적으로 하면 "1"이 되지만, 간접적으로 한다면 "1 미만"이 되는 것이다. 그래서 매일매일 0.8+0.8+0.8········ 이렇게 다 합해야 할 것 같지만 아니다. 곱해야 한다. 왜 곱해야 하는지 이유는 모르겠으나, 그렇게 계산기를 두드리다 보면 "계산 오류"라고 나오는데. (나는 "0"에 가깝지만 그렇다고 신에 가까운 것은 아니다.) 그래서 그것들은 성장할 수 없다. 만약 보고 듣고 말하는 것에서 일회성 너머를 바라본다면 그건 성장할 수 있는 소지를 안고 있다고 할 것이다.

음식을 만들기 위해 재료를 사듯, 나도 재료들을 찾을 필요가 있다. 하지만 무얼 만들기 위한 재료 찾기는 아니다. 단지 그것들을 음미하고 싶을 뿐이다. 읽는 것도 마찬가지다. 읽는 것은 "1"에 포함 시킬 수는 없지만 "0.8~0.9" 어딘가에 있지 않을까.

내가 만들어 본 기준은 이렇다. 직접 하는 것이라면 그건 "1"로 그것은 바로 구체성의 최소 단위라고 말하고 싶다. 위에서 언급했듯이 나는 몇 가지 키워드를 나열해 볼 수 있게 되었다. 대화(다툼-화해, 의견 차이, 협력, 공감 등), 연애, 사진, 산책, 글쓰기, 촬영, 여행, 영상 편집, 음악 선택. 청소, 샤워, 직장, 책 읽기 등을 하겠지만 여전히 나는 천천히 해 볼 작정이다.

영화는 구체적이다. 배우는 아름답고, 대사는 간결하며, 장면의 컷마다 들이는 시간은 헤아릴 수 없을 것이다. 그것에 압도 당하여 간접을 청한다면. 내 이야기는 소용이 없다. 굉장히 추상적이며 볼품 없을 것이기 때문에. 그럼에도. 내가 그것들을 해야 할 이유를 지금 찾을 필요는 없다. 천천히 내 속도로 하다 보면 자연히 그 이유가 찾아질 것이라고 믿는 마음이 가장 중요하다고 생각한다. 나만의 방식으로 느리게 해도 "10"을 향한 변수는 채워지고 말 것이기 때문이다.

대상에 대하여

인간이 혼자 처음부터 끝까지 온전히 할 수 있는 일은 무엇이 있을까. 내 머릿속의 생각을 표현하려 한다면, 말하기 위해서는 상대방이 필요하고 생각을 적으려면 연필이 필요하다. 그러면 이 연필은 어떻게 만들 수 있을까. 그거 하나 만들어 보자고 나의 1~2년이 사라질 것만 같다. 내가 적을 종이는 또 어떨까. 나무를 베어야 하는데, 종이 (만들) 생각에 전기톱을 더해야 할 판이다. 그들의 도움을 절대적으로 받아야만 한다.

버락 오바마는 중고교 시절~대학생 시절, 인종 차별로 인해서 화내고 폭력을 쓰고 욕을 하고 고뇌하고 또 고뇌했다고 한다. 오바마의 그 "인종 차별"이라는 대상은 뭐였을까. 그저 내가 그의 책을 읽었다는 이유로 "대통령이 되기 위한 동력"이라고 말한다면 학창 시절 힘들게 고뇌했던 그 감정을 무시해 버리게 되는 것 아닐까. 어찌 되었든 그의 대상은 인생에서 가장 큰 대목이었을 것이다. 인종 차별을 만들려면 힘이 센 사람 여럿은 있어야 하겠다. 또 학습을 도와줄 백인 선생님들과 수업을 받을 많은 흑인들이 있어야 한다. 그래서 수업을 듣고 온 흑인 아버지는 아들에게도 가르쳐야 한다. 앞서 말한 연필 1~2년을 가지고는 택도 없으니 몇십 년이면 되지 않을까?

무엇이 만들어졌고, 무엇이 만들어지는 중이고, 누구는 무엇을 사용하는 중이다. 만들어진 것들의 선봉장은 대기업이고 곧 유행이고 그래서 전부다. 나의 인생 7~8할이 여기 속해 있기 때문에 전부가 맞다. 만들어지는 중인 것들에 대해서 아는 것은 하나도 없으며 관심조차 없다. 수면 아래에 있기 때문이다. 나는 수면위의 카페에서 노트북으로 영화를 보고 옷을 잘 차려입고 백화점을 간다. 수면 위의 크루즈는 모든 것이 갖춰져 있지만 그 아래에서는 자기만의 무언가를 만들고 있는 사람이 있는듯하다. 최근 10~20년은 최신 기술 및 미디어로 도배가 되어 있기에 그것들을 베이스로 내가 다시 태어났다. 내 인생의 대상은 그것들뿐이었고, 오바마는 인종 차별을 당한 경우였다.

그는 너무도 힘들었을 것이다. 흑인이라는 이유 하나로 무시를 받았으니. 그렇다면 나는 저 대상들을 어떻게 봐야 할까. 오바마는 그 무시 속에서도 이런 말을 한다. 편하고 쉬운 것들에 저항하여야 한다고. 이 크루즈 꼭대기에서는 누군가가 무엇을 만들고 있었는데 그것을 알기에 나는 무지했었다. 그것은 대상을 그쪽으로 바라보게 하는 방식을 쓴다고 할까. 마케팅이랄까. 인종 차별도 어떻게 전파되었는지는 모르지만 이와 같은 방식을 썼을 것이다. 그렇다고 내가 사회가 책임이 있다고 보는 사람은 아니다. (인종 차별 전파는 문제가 있다.) 나의 그 대상들을 그저 심심치 않게 즐겼을 뿐이다.

다시 처음 질문으로 돌아가 보자. 최근에 깨달은 것은 내가 만약 돈을 벌기 위해 근로 계약을 하지 않고 집에만 있다면 나는 잠에 찌들어 있는 존재에 불과하다는 것이다. 혼자서 할 수 있는 것은 없다. 누군가 말했다. 일단 시작하라고, 그러나 그건 그의 이야기다. 내가 집에서 혼자 시작해 볼 것 따위는 없다. 그냥 돈 벌러 나가면 되는 것이다. 하지만 돈만 벌면 그만인 삶은 삶이 아니지 않을까. 나도 그처럼 고민이 있다. 사실 해결이 되었는지도 모른다. 내 것은 과연 무엇일까. 온전한 나의 것. 그건 내 생각일 뿐이다. 그래서 내 글은 온전히 내 것이다. 여기에 뿌리를 두어야 한다. 그래서 흔들리지 않도록 해야 한다. 아이러니하게도 나의 그런 글도 만들어진 것들에 기반을 둔다. 인간은 결코 혼자서 할 수 있는 것은 아무것도 없으니 말이다. 그러면 그것은 내 것이 맞을까? 그런 고민은 하지 말아야겠다. 고민은 하지 않더라도 내 것일 것 같은 직감을 믿어 볼 필요는 있지 않을까?

800년 고목 정도는 되어야

집 밖으로 나간다는 것은 거창한 일이다. 돈을 벌기 위해서는 대기업에 들어가야 한다. 씨유, 뚜레쥬르가 그러했다. 그러다 쉬는 날에는 더욱 특별하기에 사람들이 자주 간다는 핫플레이스 정도는 되어야 발을 옮기게 된다. 그곳을 가기 위해서는 내 분신인 오토바이를 동행해 가야 한다. 문득 최근에 본 영화 한 편이 먼저 떠오른다. 〈플로리다 프로젝트〉의 첫 장면은 5~6살 된 남자아이 한 명, 여자아이 한 명이 공공장소의 한 건물 벽 바닥에 기대어 앉아 있다. 한참 동안을. 그러다 다른 남자아이 한 명이 두 아이가 있는 쪽으로 뛰어온다. 그것도 유난스런 몸짓으로, 사실 내가 보기에 그 유난은 너무도 재미없지만 아이들은 재미있었나 보다. 아이들이 사는 빌라 주차장에 "새로운 차"가 들어온 것이다.

어린아이의 삶은 지루하다. 왜냐하면 각자의 어린 시절이 재미있었는지는 몰라도, 아이를 직접 돌보든지 영화로 보든지, 책으로 보든지 그들은 남다르기 때문이다. 영화에서의 아이들은 한여름 땡볕에도 집엔 들어가기 싫어했으며 기나긴 기다림 끝에 드디어 행복을 발견했다. 그들이 대단하다는 데는 많은 이유가 있지만, 하나만 덧붙이자면, 영화 속의 어린아이들은 2층에서 주차장에 있는 그 차에 대고 침을 뱉는다. 그리고 차주가 나와 그만하라며 타이르지만 아이들은 오히려 욕을 하며 도망간다.

그 차주의 손자는 항상 집에 있는 아이지만 나중에 다른 아이들 네 명과 친구가 된다. 나는 그런 어린아이들이 부러울 뿐이다. 심심하면 무조건 집 밖을 나서며, 그 행복을 발견하기 위해 땡볕을 수없이 감수하며, 침을 뱉으면서 오히려 욕까지 하는 저 사자후까지. 사실 나는 글을 쓰는 데에도 영화라는 거창한 대상을 이용하게 됐으며 이번에 보았던 800년 된 원주 반계리 은행나무도 마찬가지였다. 그럼에도 영화와 나무는 나에게 정말 뜻깊은 시간을 만들어 주었다.

영화는 내 어린 시절을 떠올리게 해 주었다. 그리고 주말 이른 오후 거대한 나무 아래에는 사람이 한 2~3명 있었을까, 니는 내가 전부인 줄 알았다. 카메라를 설치하고 있던 나를 2~3명의 사람이 흘깃 쳐다보았지만, 그는 남달랐다. 처음 봤을 때는 엉겨 붙더니 이제는 본 체도 안 한다. 한참을 찍었을까. 결국 나와 고양이만 남게 되었다. 나는 고양이 쪽으로 갔고 우리 둘은 편안히 나무 아래를 즐겼다. 누군가가 내 옆에서 잠을 잔다는 것은 나를 신뢰한다는 것인데 그날 처음 본 고양이를 보며 한참 동안 기분이 좋았다. 그를 바라보며 생각했다. 그는 자유롭지만, 결국 한정되어 있다고. 그렇게 나는 나만의 한정을 가득 짊어지고 있었다. 이걸 한꺼번에 다 내려놓을 수 있을까. 어린아이는 한꺼번에 다 내려놓을 수 있다. 그래서 지루하다. 오늘 나는 천천히 단계를 밟아야 한다. 한 단계 한 단계 밟을 때마다 희열을 느낄 수 있도록.

열녀문

◯이정표

죽은 남편 삼년상 치르고
치매 걸린 시아버지
거동 못 하는 시어머니
알뜰하게 보살핀 착한 그 여자

◯◯면사무소에서 열녀상烈女賞 주었더니
아뿔싸!
거시기 활짝 열린 열녀開女인줄
그 뉘라서 알았을까

농기계 수리 센터 박 씨랑 밤 봇짐 싸던 날
위태롭게 매달려 있던 열녀 표창장
미동조차 없었던 바람이 밀었다고 우기면서
주인 잃은 경첩 위로 떨어지더니

몸과 같이 마음까지 열어 버린 열녀가
사랑에 눈멀어 달아난 뒷산 꼭대기에
박하 분 바른 눈썹달 새초롬히 떠올라
헤픈 웃음 헤실헤실 흘리며 누워 있다

갈등

이삿짐 풀던 날
짜장면을 먹을까 짬뽕을 먹을까
결국 각자 시켜 나눠 먹기로 했다

짜장면을 시키면 짬뽕이 안타깝고
짬뽕을 먹을 땐 짜장면 생각이
왜 그리도 간절한지
알다가도 모를 입맛이다

"여보세요 중국집이죠?"
"… 한국 집인데욧"
………… 뚜우뚜우뚜우~
새로 살러 온 동네에서
첫정을 붙이기엔 실패했다
집을 팔고 간 전 주인이
현관 입구에 붙여둔
만리장성 전화번호도
어디 낯선 곳으로 옮겨 갔는지
쌩 도라진 목소리 빈 뱃속에 울려 퍼진다

배달 되냐고 먼저 물어나 볼걸

괜스레 남의 멀쩡한 집을
중국집이냐 물어서
갈등만 일으켰다

아주심기

25년 전 우주가 발원한 인연이
내 복腹중으로 옮겨심기를 해 왔다

봄 여름 가을 겨울 꽃피고 꽃 지던
크고 작은 사연들 남모르게 숨겨 두고
내게로 옮겨 심었던 겨자씨 같았던 생명이
어느새 코밑이 거뭇해진 청년이 되었다

내가 뻗은 팔로 만든 그늘이 모자를 만큼 꽉 들어와
기어이 나도 저도 숨 막히는 오늘이 되고 말았다
하늘을 보며 저 혼자 비행할 준비를 했을까
바람을 따라간 바다에서 홀로 잠수할 꿈을 꾸었을까

말수는 줄었고 가방을 꾸리는 일이 잦아졌다
그래 옮겨 심은 지 너무 오래되었구나
거칠고 메마른 광야廣野에 스스로 뿌리 내려야 한다면
지금이 좋겠다 아주심기에는 더 이상 좋을 수가 없겠다

아들아

걸음을 붙잡는 사슬을 끊고

힘차게 뛰어가 보렴

감추어 둔 날개 펴고 훨훨 하늘을 날아오르렴

굽어서 바라보는 지상에는

너의 아주심기가 어디에서라도 가능한 걸

너의 심장과 너의 정신을 열어

붉은 인주가 묻힌 도장을 받아 두렴

노래제목 (비둘기 집) 가수 (이 석)

딱 봐도 가진 게 별로 없는 사람들의
공동 서식지에 비가 온다

색칠이 벗겨진 베란다 난간에
비둘기 한 마리 비를 그으려 찾아왔나 보다

갈만한 곳도 없어 보이고 오라는 곳도 없는지
떨어지는 빗방울에 어쩌지 못한 날개를 적시고 있다
가진 게 없기로는 저나 나나 마찬가지
그래도 난 살대 어긋난 우산 한 개는 있는데
방수도 잘 안되는 짝퉁 깃털을 타고났는지
주룩주룩 내리는 비에 흠뻑 젖은 채 앉아있다

하루 일당 포기 하지 못하고 일 나간 사내들이
서민용 주거지로 돌아오는 저녁 6시

비는 멈추지 않는데 그나마 이런 집도 없는지
잿빛 비둘기 한 마리 임대주택 12층 난간에서
아예 눌러살 조짐을 보인다

주거 침입 죄를 들먹거리며
아까부터 가라고 눈치를 줬는데도
궁뎅이만 자꾸 씰룩거릴 뿐이다

망한 왕조의 황손이 학비를 벌려고 부른
서글픈 가요가 비 오는 저녁
FM을 타고 집안으로 스며들었다
'비둘기처럼 다정한 사람들이라면 장미꽃 넝쿨 우거진…'

종일 우리 집 비를 맞고 있는
비둘기를 내쫓지 못해 안달하다가
마침내 등 긁는 효자손을 집어 들고서
갈 데 없는 그를 몰아세웠다
비 오는 하늘 끝 모서리로 한사코 밀쳐냈다

마데카솔

인생은 한 컷이다
돌덩이처럼 굳은 마음도
그 속을 열어 보면
상처투성이다

너도 한 컷 찍어 볼래?

세상 뭐 있어 그렇게
가끔 기억을 박제하며
상처 난 자리마다 연고를 바르면서
살면 되는 거지

만항재 숨바꼭질

만항재 정상에 오르면
그대가 있다

한 걸음 두 걸음 세 걸음
해발 1330미터를 오르고 나면
그대를 닮은 내가 있다

너무나 닮아 서로를 향해 셔터를 누른다

그러다 한순간 그대를 향해 손을 내민다
어느새 안갯속으로 사라져 간 그대는
연지 곤지 찍고 수줍어하는 곤줄박이 뒤로 숨고 말았다

내 마음에 슬픈 비

오늘도 어김없이 비가 내린다
손재주가 좋은 동생은
오늘도 부처님께 공양할 연꽃을
정성스레 암이란 고통과 아픔을 이겨내며
뒤돌아 눈물을 훔치며 삶이란 끈을
움켜잡고 만들어 가고 있다
언니가 해준 무청 시래기에 굵은 멸치를 넣어
바글바글 지져 준 것이 생각난다던 동생
사랑하는 남편과 태어난 지 몇 달 되지도 않은
딸을 뒤로한 채 피 끓는 젊은 영혼을 내려놓고 말았다
내게 사랑할 시간도 주지 않고
고통에 시간만 남겨 둔 채 그렇게 먼 길을 떠났다
다시 만날 수 있겠지
이 비 그치고 나면 내 그리운 마음도
하늘에 닿을 수 있겠지
이 비는 언제 그치려나

나를 보면서

나 바삐 사느라
나를 보지 못했다

나 바빠 사느라
밟히면서도 살아갔다

나를 보면서
궂은비 오는 줄 몰랐다

지나온 길 나로 아파할 이들도 많았으리
그때는 몰라서 내 상처만 아프더라

스스로를 밟고 일어서는 마음은 부처요
이제는 내 주변을 보아야겠다

남겨진 시간만큼 돌아보며
사랑해야지

개 같은 날의 오후

멧돼지는 배고픔에 못 이겨 먹이를 찾다
올무에 걸려 죽고

고라니 사리 분별 못하고 뛰어다니다
차에 치여 죽고

꿩은 감자밭 한가운데 알을 낳았다가
감자밭 갈아엎는 트랙터에
제 새끼 모두 잃고 말았다

풀밭 모기 새끼 인간 피 빨다
두꺼비 같은 손에 맞아 죽고

사마귀 모기 흉내 내다
뒤로 자빠지고

굼벵이 흙 속에서 여행하다가
솥뚜껑만 한 발에 밟혀 죽고

지렁이는 세상 넓은 줄 모르고
하늘 보러 나왔다가
뙤약볕에 말라 죽고 말았네

짐승도 사람도 모두 죽고 나면 인간도 죽을 텐데
무엇으로 저 폭주 기관차를 멈출 수 있을까

백두산이 사라졌다

최바하

9시 뉴스에 등장했던 양 씨 할머니의 호출을 받았다
살인 진드기에도 기적처럼 살아남은
할머니의 전화를 받고 방문 가방을 챙겼다
얼마 전부터 계속 어지럽고 기운이 없다고 하셨다

마당 입구에
매어 놓은 흰둥이가 안 보인다
개울 건너 차 소리에도 겅중거렸던 충견이다
그 이름도 늠름한 백두산이었다

할머니 손가락이 짧게 하늘을 가리켰다,
멀리 갔다고…
그 천국 아마도 38도쯤 되는
완두콩 모양의 찰 주머니 속이었으리라
초복도 못 넘기고 한 번도 건넌 적 없는
집 앞 다리를 건너고 말았다

작년 이맘때던가
매번 뱃가죽을 드러내 놓고
얼룩 꼬리 요란히 빗질을 해대던 덩치 큰 애교쟁이
한라산도 그렇게 사라졌었다

허한 내 속 들킬까
더위 인사치레로 속도 없이
다가온 고탄리 복날을 탓했는데,

차르르, 쇠줄 소리가 난다
개집 뒤편 구덩이에서 하얀 털 뭉치가 둘둘
굴러 나와 앞발로 마구 올라탄다
꼭, 닮았다

앞서간 38선 넘어온 어린 금강산이 다시 자라고 있다

결국, 똥이었다

부귀리 삼막골
돌투성이인 비탈밭 오솔길을 걸어가다
똥을 밟았다

물렁 질떡,
더운 날씨 때문에 운동화 대신 샌들을 신었는데,
늘 다니던 길인데,
들깨밭 건너 푸른 들녘을
내려다보다
그만 발밑을 놓치고 말았다

욱 욱, 거리며
흙과 돌멩이에 발을 문질러 대다
땅바닥에 탁, 멈췄다
사람도 흙이 되고 거름이 되고
똥이 된다는 깨밭 할머니 말이 생각나
밭고랑 끝 할머니 집을 향해 발걸음을 옮겼다

언덕 위로 개똥 할아버지의 산소가 올려다보인다
발밑을 지나는 바람 속에
풋 깻잎 향이 따라와 똥냄새는 벌써 잊었다

시각 장애를 무릅쓰고
지난해 직접 농사한 들깨 기름이라고 소주병
가득 담아 건네받은 그 고소함이 생각나
저절로 입가에 미소가 번졌다

그래,
사람도 똥이다

오늘은 복권이나 한 장 사자

세대 이감離勘

서른한 번째 한가위 차례상 준비에 게으른 앞치마를 둘렀다
웃전에선 연락이 없다
언제나 그랬듯 난 막내며느리다
만물상 아래서 음식 재료를 다듬고 데치고 굽기를 반복한다

조상신의 존재 유무와 상관없이,
언제부터 시작되었는지 의문조차 가져 본 적도 없이
탑을 쌓듯 붉은 제단에 제물을 봉양해 왔다

자유분방했던 뇌는 달의 발걸음이
점점 가까워 질 때쯤,
매트릭스 속 세상처럼 도스화되어 줄줄이 내려갔다

한 세대를 삼심 년이라 한다는데
이미 나는 삼십 년을 훌쩍 지났다
후임자子도 없고, 씨 내림도 받을 사람이 없다

땅이 좁다고 일인 세대주만 늘어나고
자기들 밥그릇만 챙기느라 후세들에겐 탕국조차
남기지 않은 조상들에게 무얼 바치란 말인지,

제발 꿈도 꾸지 말아라
씨 내림도 제사 내림도 준비하지 말아야 한다

화*도 없고 억울함도 쌓인 적 없는 강판 위에
손바닥이 타고 있다
시집살이보다 차례상이 더 맵다

외버선에 구멍이 뚫렸다

그녀의 버선 속엔 용이 한 마리 산다

용쓰며 살아 냈던 서사가 전설이 되어 승천하려나 보다
아직 여의주를 찾지 못해 날개를 펴지 못하고 있다

대지에 붙잡힌 용이
온기를 다해 날아오르려 하지만 뿌리가 잡혀 있다
이미 창공 아래 태산을 여러 번 박차다가
상처만 내고 말았다

또 한 번의 용트림을 한다
붉은 화염이 먹구름을 태운다
연무 사이로 하늘길이 열린다

드디어 꼬리에 화석처럼 박혀 있던 뿌리를 분리시켰다

"어르신,
이제 무좀 발톱은 다 제거했으니 매일 약 바르시면 돼요"

"아고야,
용하기도 하네"

천전리 앞마당 하늘에도 비구름이 걷히고 있다
오늘은 비가 내리지 않을 듯하다

바람노래*

몰랐었네
진심으로 몰랐네
여기가 나븨의 고향인 줄

그대가 지켜낸 노래가
아버지가, 아들이, 누이가 그리고 내가,
손에는 나팔 소리를 쥐고
꽃들과 춤추고 있었네

이제 광야엔
지천이 꽃동산이며
승리의 깃발이 나부끼네

그대 이제 편히
백우^{白牛}의 등에서
향기로 내려다보소서

---

* 이육사문학관을 다녀와서

열두 시

○ 한상대

사랑한다는 말이 쑥스러워

달이 참 밝다고 했던 사람이 있었다던가요

나, 보고 싶다 만나고 싶다는 말 대신

열두 시 하고 싶다고 말하겠습니다

그러면 그대도 고개 끄덕여 주세요

큰 시곗바늘과 작은 시곗바늘이

열두 시에 하나 되는 그 순간처럼

만나고 싶다는 신호로

눈치채 주세요

열두 시 정각의 시곗바늘처럼

숨차게 오르막을 달려가

만나고 싶습니다

이제 열두 시는 동사예요

만남과 열두 시는 이음동의어

시계탑 앞에서 열두 시 해요

열두 시 하자고 하면

달이 밝다고 하셔도 되겠습니다

바람의 바람

바람막이 파카
바람막이 커튼
바람막이 천막
바람은 막아야만 하나

바람막이만 있고
바람맞이가 보이지 않는다

산 위에서 부는 바람
강 위에서 부는 바람도
고마운 바람이고
당신은 나의 꽃바람 여인이라면서

바람 멀미 느끼고 싶은 날엔
바람막이 훌렁 벗고
바람맞이를 나가자

바람 불어 좋은 날
바람둥이라 한들 대수랴

추신

당신이 오늘 아침 한 말
식사하고 출근하는 그의 등 뒤에서
'잘 다녀오세요' 라고 했던 말
아침을 준비하는 아내를 등 뒤에서
안아 주며 했던 '사랑해' 라고 한 말
학교 가고 도서관 가고 헬스장 친구 만나러 가는
아들딸들에게 했던 말들
엄마에게 '난 엄마처럼 살지 않을 거야'라고 했던 말
'아빠 날 좀 내버려 두세요'라고 했던 말들 끝엔
꼭 '사랑해요' '사랑한다' '사랑합니다'
'내가 너보다 더 많이 사랑한다'고
추신처럼 붙여 말해 주세요
말은 사라지지 않고
유언처럼 남습니다

K.N.G 敎授님 우리 敎酒님

내가 먹는 음식이 나다
내가 먹는 음식을 경배하라

막 거른 술
거르지 않고 드시는
우리 선생님

막걸리로 이룬 몸
막걸릿병을 닮았다

물고기가 물의 모습을 닮아가는 것은
우연이 아니다
선생님 몸은 막걸리가 반이다

굵고 걸쭉한 음성에는
막걸리 한 잔의 윤기가 돌아
시도 술술 강의도 술술 나온다

발효된 생각들이
향 깊은 술이 된 게 아니더냐

한 잔씩 얻어 마시려고
내미는 제자들 잔에
아낌없이 따라 주신다
걸걸걸

혓바닥 싱싱한 교주님 이르시되
너희는 모두 이것을 받아 마시라
이는 너희를 위해 바치는 살이고 피라

사제 관계를 씨줄과 날줄로 엮는 촘촘한 자음과 모음이
술잔 속에서 들고 나니
詩가 저절로 내게 오더라

시선

누구에게나 마음의 돋보기가 있답니다
햇볕을 모아 쫀디기를 구워 먹을 수도 있는데
귀찮아서 활용을 안 한답니다
또 마음의 망원경도 있답니다
먼 곳에 있는 미래도 당겨 볼 수 있는데
두려워서 안 본답니다
마음의 현미경도 있답니다
맘만 먹으면
제 마음을 쪼개고 쪼개서
원자핵과 전자만 한 것도 볼 수 있지만
아끼느라 안 본답니다
아끼다 똥 되는데

마음엔 색안경도 있답니다
폼 잡으려고 쓰는데
아무도 안 보는 터널 속에서도 쓰고 있다가
컴컴한 시간을 보내기도 합니다

마음의 거울도 있답니다
부끄러워서 못 본답니다
못난 건 알아 가지고

내 고향

한순원

내 고향 작은 포구 갈매기들 한가롭게 노닐고
숭어 떼 첨벙첨벙 물장구치는 곳

언제쯤 돌아가 한가롭게 빈 갯벌 돌아다니며
조개를 캐어 볼까

이젠 아무리 속이 꽉 찬 조개
함지박 가득 캐어 와도
반겨 줄 이 없으니
다시 돌아갈 일 아득하기만 하다

만항재

해발 1,330미터 만항재에는
때 묻지 않은 야생화 물결
나를 불러 손짓하네

백두대간 능선 뻗어 나간 산줄기마다
거대한 자본주의 바람개비 돌아가고
고요한 원시림 속 잠든 뭇 생명들 깨우고 있다

밤안개 흰 파도로 밀려왔다 밀려가고
어둠 떠나간 자리
별들도 어깨춤을 추네

때 묻지 않은 자연의 숨결 듬뿍 받아
도시로 돌아오는 밤
만항재의 별들 내 어깨를 짚고 계속 따라온다

가을

너는 전생에 왕족이었느냐 귀족이었느냐
아니면 여염집 규수였느냐

가진 것도 내세울 것도 없으면서
자존심은 왜,
그토록 하늘을 찌르느냐

행동은 굼뜨고 욕심은 또,
왜 그렇게 많은지
작은 돈에는 성이 차지 않으면서
언제나 전전긍긍 마음은 또,
그렇게 앞서느냐

백 년 안팎 살면서
수백 년을 살 것처럼
모래성을 짓는다

그래, 행동이 느린 것도 능력이라면 능력이다
대가들이며 장인들을 보라

욕심이 크면 또,
언젠가는 반드시 뜻 이룰 날 있겠지
포기는 하지 말아야 한다

너는 이제 막 떠오르는 태양이다
이제 50 중반을 살았으니
많은 경험과 배움도 있었지

태풍과 뙤약볕 혼자서도 잘 견뎌냈구나
이제는 그놈의 자존심 뿌리째 뽑아 버리자

쑥부쟁이 구절초 소담스럽게 앉아
가을 햇볕 쬐고 있구나

아기 씨앗들 바람에 나부끼며
날아오른다

멀리멀리 훨훨
엄마 찾아 비행을 시작한다

영월 '나도 작가'

김 설
김철홍
박소름
엄선미
윤 슬
이 달
정라진

기다림의 미학

김 설

드디어 때가 되었다
콩닥거리는 심장은
손에 식은땀을 뿜어낸다

초침은 빠르게 움직이는데
시간이 멈춘 것 같은 느낌이 든다
3분이 이렇게도 긴 시간이었던가

참지 못하고 뜯어 버린
뚜껑의 쓰라린 기억을 떠올리며
최후를 기다린다

5, 4, 3, 2, 1
드디어 때가 되었다
뚜껑을 과감하게 뜯어 버렸다

젓가락으로 끌어올린 면을
후후, 불었다
입안에서 면발이 탱글거린다
마지막은 뜨거운 국물로 원 샷!

인생도 매 순간 기다림이다
짝을 만나고
자식을 낳고
죽음을 기다리는 순간까지,

기다림의 끝을 아는 순간,
3분도 힘들다

풀메기

하찮은 목숨이 어디 있으랴
이곳은
이롭다 생각되지 않는 풀은 모조리 베어 버린다

넌 어쩌다 이곳에 터를 잡았느냐
자신을 향해 들어오는
칼날에도 숨지 않고
머리를 잡아 든 누군가의 손을 떠난
운명을 의연하게 받아들이는
용기를 지녔더구나
지금 네가 있던 자리엔 뜨거운 향기만 남아 있다

가을비

양철 지붕 위로 내리는 비는
자식을 멀리 떠나보낸 어머니의 이야기다

처마 밑으로 방울방울 떨어지는 빗줄기는
자식을 그리워하는 어머니의 눈물이다

한순간도 멈출 수 없는 숨결처럼
오직, 너를 향한 순결한 몸부림이다

꼰대가 되다

내가 몸담고 있는 정선 산골짜기 회사에서 일하는 직원들 중에는 노총각들이 여럿 있다. 46살 강 대리, 43살 박 차장, 40살 안 과장, 등등. 그들 중에 결혼을 포기한 사람들은 아무도 없다. 그럼에도 불구하고 눈들은 꽤 높다. 얼마 전 노조위원장의 소개로 박 차장이 소개팅을 했다. 궁금해서 소개팅을 하고 있는 식당에 노조위원장과 함께 모르는 척 갔었다. 박 차장과 마주 앉은 상대 여성의 웃음소리가 유쾌하게 들렸다. 2차 맥줏집까지도 따라갔다. 여전히 화기애애한 분위기였다. 박 차장에게서 평소에 나지 않던 향수 냄새가 났다.

다음날 박 차장이 사무실에 왔다. 나이가 연상이라 싫고 말하는 것이 철이 없어 보여 싫다고 했다. 싫으면 어쩔 수 없지만 이 외진 산골에 또 이런 기회가 언제 올는지 걱정이 앞섰다.

영월에 사는 강 대리에게 제안을 하나 했다. 일요일 아침마다 영월 시내에 있는 교회에 나가라고 했더니 강 대리는 혼자 가기 어색하니 박 차장과 함께 가겠다고 했다.

'불순한 의도로라도 교회에 나가면 하나님도 용서해 주시지 않을까?' 하는 실낱 같은 희망을 품어보고 싶었다. 하나님께서는 남자와 여자를 만드시고 서로 만나 가정을 꾸리고 대를 잇게 사람을 만드셨다. 월요일에 사무실에 가면 이들이 교회에 다녀왔는지 확인할 것이다. 만약 약속을 어겼다면 가만히 두지 않을 작정이다.

매일 아침 총각 직원들을 바라보며 결혼하라고 닦달하는 대표를 보면 직원들은 속으로 나를 꼰대라고 욕할지도 모른다. 그렇지만 나는 이들이 한 사람을 사랑하고 아껴 줄 때 느끼는 행복을 맛봤으면 좋겠다. 자신을 닮은 작은 생명이 태어나고 자라 가며 주는 기쁨을 누렸으면 좋겠다.

다음 주엔 더 지독한 꼰대가 되어 이들을 더 모질게 닦달할지도 모르겠다. 조선시대에는 혼인한 남자와 혼인하지 않은 남자 사이에 엄격한 차별을 두어, 어린아이라도 장가들면 상투를 틀고 성인 대접을 받았고, 나이가 많아도 혼인하지 않은 자에게는 하대 말을 썼다고 한다. 지금이야 노총각을 하대하는 경우는 없지만 은연중에 사람들의 마음에는 무언가 미완성의 사람으로 보는 시각이 있지 않겠는가?

잠깐, 내가 지금 조선시대 어쩌고저쩌고하고 있는가? 아… 꼰대 중에 이만한 꼰대가 없다.

옛 원주역을 가다

박소름

원주에 사는 친정 오빠를 만나러 갔다가
폐쇄된 원주역에 갔다
한 번쯤 그곳에 꼭 가고 싶었다

2022년 1월 5일 KTX 노선이 개통되면서
원주역은 이사를 하고,
옛 원주역은 문을 닫았다
홍익회 가락국수집 간판은 그대로
문은 잠기고 유리문엔 X자 테이프만
펄럭이고 있었다

이십여 년 전, 큰애 손잡고 둘째를 업고
역 광장을 나왔던 때가 생각났다
역전 파출소에 근무하는 고등학교 동창도 만났었다

아무리 기다려도 택시, 버스는 오지 않았다
내 키를 훨씬 넘는 소리쟁이, 강아지풀, 뺑쑥만
빈터를 지키고 있었다

택시 승강장 벤치에 앉았다
해는 떨어진 지 오래되었고
화려한 불빛은 보이지 않았다
머리에 서리가 내린 오십 대 중반의 여자가
역 주변을 서성이며 누군가를 기다리고 있었다

초당대학교 재학생은 59명

지난 금요일 저녁 아들과 밥을 먹으려고 고한으로 향했다

고한 보건소 앞 도로 갓길에 버스 두 대가 나란히 서 있다

앞차는 못 보고 뒤차에 '초당대학교' 라는 팻말이 보였다

"아들, 버스에 초당대학교라고 쓰여 있네!"

"엄마, 그 학교 학생은 59명밖에 안 받는대요"

"왜?"

멍하게 아들을 쳐다봤다

한참 후

"60명이 넘으면 분당이 되잖아요"

뒤늦게 깔깔 웃는 나를 쳐다보는 사이,

청년 순대국밥집에 도착했다

아하, 분당대학교 학생도 59명밖에 안 되겠네,

보랏빛 생生

아침 햇살에
나팔꽃 웃음이 쏟아진다

바지랑대 타고
그리움의 끝을 찾아 오르다
바보처럼 뒤돌아서 웃고 만다

사랑의 갈증이
보랏빛 꽃잎을 말아 올린다

푸른 잎새에
남겨진 그리움은
무심하게 심장을 드러내 보지만
당신은 알아채지 못한다

이번 생애도
홀로 사랑을 하고
외롭게 길을 떠나야 할까 보다

근시

어디를 보고 있나요
당신의 눈동자가 안 보여요
내 동공은
허공중에 머물러
아무리 쳐다봐도
당신 얼굴이 흐립니다

무엇이 보이나요
당신의 마음이 보이지 않아요
말하지 않으면 알 수 없죠
맺히지 못한 초점은
거리를 빙빙 돌고
아무리 생각해도
당신에게로 가는 길을
찾을 수가 없습니다

꽃 이름을 불러 주세요

윤 슬

집안이 엉망이에요
몸을 일으키고 싶지 않아요
나도 잘하고 싶은데
예전처럼 못할까 봐 두려워요

마음이 엉망이에요
달아오른 가슴에 솟아오른 불기둥이
당신에게 미칠까 봐 두려워요

영감,
복사꽃 내음으로 가득했던
포근한 음성으로
내 이름 불러 줄래요?
머시기 어멈 말구요

나도 다시
연둣빛 미소를 품어 보고 싶어요

엄마 냄새

잠든 막내의 이불을 덮어 주자
엷은 미소를 짓던 아이는
엄마를 절대 놓치지 않겠다는 듯
사지로 내 몸을 휘어 감았다

문득 나도 엄마 냄새가 나는지 궁금해졌다
어떤 이는 바람에 실려 온 흙 내음에서
어떤 이는 화장대의 향긋한 분 내음에서
어떤 이는 구수한 된장찌개에서
엄마의 흔적을 찾아낸다는데
나는 아이들에게 어떤 냄새로 기억되고 있을까

내 베개를 끌어안고 잠든 막내에게
왜 엄마 거 가져갔느냐며 투덜대자
아이는
베개에 힘껏,
코를 묻는다

꽃잎이 젖고 있다

○이 달

운동장 한 켠
여덟 살쯤 되어 보이는 아이가
시소에 앉아
큰 가방을 가슴에 안고 울고 있다

얼마나 속상하고 서러우면
가방을 끌어안고 소리 죽여
눈물범벅이 되었을까

어깨를 들썩이며 울음을 삼키느라
목젖이 주저앉을까 걱정이다
사월의 꽃잎 하나가
툭, 가슴을 누르고 지나갔다

수세미

토요일 오후 3시,
휴대폰에 "세상의 전부"라고 떴다

"막내야, 바쁘니?
시간 내서 수세미 가져가라
요새는 테레비도 재미있는 게 없어야"

지난 명절에 가지고 온 수세미들이 아직
서랍 속에서 쓸쓸히 서로를 부둥켜안고 있는데
엄마는 수세미 같은 시간을 계속
뜨고 계셨을까

코바늘 같은 시간,
식탁 위에 놓인 숟가락은 또 얼마나 적막했을까

One day life
– 어느 날의 삶

정라진

가로등은 천국인가요
헤드라이트에 처박히고 전봇대에 부딪혀
아침마다 무더기로 길 위에 눕는
칠흑이 이보다 더 슬플까요

하루를 견디느라 입이 필요 없는 하루살이
일렁이는 바람에 먼지처럼 사라져 버려도
한마디 비명도 못 지른 채
눈물만 흘리네요

하늘과 땅 사이
하루살이는 오늘을 천년처럼 살고
은행나무는 천년을 오늘처럼 산다지요

그래도 어둠 속 불빛이 좋아요
새 아침이 오면
다시 그리워질 이 순간,
영원히 기억할 수 있을 테니까요

행복할 의무

앉은뱅이 의자에 앉은 엄마가 요리를 하신다
짧은 파마머리 홀쭉한 볼을 연신 우물우물거리며
엎드린 채로 칼질을 하신다
익숙한 솜씨로
순식간에 오이를 썰어
소금을 뿌리고
그릇을 까불어 골고루 섞는다

압력솥에선 구수한 밥 냄새가 난다
오랜만에 요리하는 엄마를 보니
어릴 때 엄마가 해 주시던
여름철 별미 콩국수, 오이냉국, 호박전이
생각나 입 안에 침이 고였다

당신을 위해서는 아무것도 하지 않고
그저
상추에 밥, 파란 고추에 밥, 라면에 밥만
찾아 드시던 엄마가
오늘은 신명 나게 요리를 하신다
난 이렇게 맛있게 받아먹고
행복을 오래 기억하면 된다

시지프처럼 살았다